KB046880

청어詩人選 384

등불

김범곤 시집

청어

등불

김범곤 시집

시인의 말

 습작 10년, 문단 데뷔, 8년 만에 첫 시집을 출간합니다.
 가벼울 것 같았던 언어들은 건설현장의 철근덩이보다
더 무거워서, 고뇌, 성찰하지 않고서는 한 편의 시도 완성
할 수 없었습니다.
 삶의 깊은 진리를 깨닫지 못하고서 내뱉는 언어유희일
수도 있지만, 깊은 불심으로 써내려갔음을 고백합니다.
 만약 내 인생에서 시가 없었다면 나는 더 불행한 존재
로 방황할 수밖에 없었을 것입니다.
 시 원고를 앞에 놓고, 부처님께 백팔 배를 올리며 감사
의 눈물을 흘렸습니다.
 난생처음 맛보는 환희였습니다.

 졸작이지만, 인연 닿는 독자의 삶에 영향을 끼쳤으면
하고 기대합니다.
 변함없는 애정과 관심으로 격려해준 〈아가페문학회〉 문
우들께 고마움을 전합니다.

2023년 봄
詩人 김범곤

차례

2부   나를 찾아서

3부 등불

4부 산 너머 산 물 건너 물

1부

차 한잔의 인연

형체 없는 나를 찾아 사바세계 수 없는 길
가죽포에 섬긴 형상 검은 떼에 물들어
주객이 분간 없는 무분별의 사색길

기도문

못다 배운 통한의 아픔이
가슴 깊이 새겨져
샛별 같은 두 눈의 총기로
처음처럼 배우게 하소서

못내 익힌 무상의 보배로
내 영과 육을 갈고 닦아
삼세의 그 어느 곳이라도
해맑게 물들이게 하소서

가릴 줄 모르는 탐심에서
배려할 줄 알고
격려할 줄 아는
아라야 세계로 인도하소서

조화로 이룬 낙원 속에서
멋지고 값있게 살다 왔노라고
아버지, 당신께
감사의 기도 드릴 수 있게 하소서

새해맞이

울 엄니 날 낳고 모진 고생하시어
열 달 채워 세상에 날 내보내느라
검은 머리 희어졌네

명성의 화려한 오색길
멀고도 긴 그 길
공덕 쌓아야 울려오는
비로나자불의 영채 속
아들 하나 잘되기를 빌고 비는 모정

부와 명에의 탑
공들여 쌓아 남거들랑
대자연으로 되돌아가게 하소서

붉은 여명 깨우는 이여
날 아끼거든 밝음으로 인도해 주소서
당신에게 생명 받아
이 한해 첫발 딛습니다

시(詩)

봄꽃 마지
송이송이 불전에 차려 놓고
먼 하늘 바라보며
시 한 편 써 본다

사월 초파일
법당 참배 후
천진불 목욕재계시키다
너를 생각한다

검은 숯덩이 붓으로
불타의 한마음 그려놓고
한 게송 읊은 것이
아마, 시라는 명제였다지

시가 중생을 깨우쳤다기에
나, 견성하지 못한 채
시 한 편 짓느라
냄새나는 몸뚱어리 땀으로 흠뻑 젖었네

습작

쓰다가 고치고
고치다가
다시 쓰고

이름 석 자 각인된
시집 한 권 내어
부처님 전에 바치려고
충혈된 눈빛으로 오염된 언어만 매만지네

울면서 쓰다가 지우고
웃으면서 짓다가 흐느껴 우니
한 세월 가는 줄 몰랐네
진정, 진정 몰랐네

석탄일

탐욕의 잔재주 불씨로 남아
놀부 심보로 흥부를 짓누르는 야성의 탄식과
천만 가지 번뇌의 불길에서 숨을 헐떡입니다
아라수 깊은 수양, 인성의 축복 아래
남몰래 연실이 탐스럽게 익고 있어
사바세계의 몸부림 인지, 진흙 속에 핀 연화인지
대지에 뿌리는 감로수는 사치스런 고향 나들이
오염된 삼강오륜, 자본의 탐욕이 저지른 무지의 타락
오늘 겉옷과 속옷 청수에 씻어 빨랫줄에 널어봅니다

진리의 스승님 오늘
이 연등 하나에 이 세상 모든 죄업 사라지고
희망의 연수레 굴러가게 비옵니다

차 한잔의 인연

짙은 화장 속, 마음을 감춘 여인
엎드려 절하다
등줄기 땀에 젖어
구름처럼 떠나갔었지

백팔번뇌로 끓인
차 한 잔 나눈 인연
지금은 어느 해탈문 지나
목마른 갈증 풀고 성불했을까

님 그리워
푸른빛 하늘만 바라보네

님의 미소

봄날의 꽃신 신고
찬찬한 걸음으로 오시어요

여명이 트는 새벽 태어나던 그 자태로
사뿐사뿐 걸어서 오시어요

텅 빈 가슴 속 희망을 찾아서
혈관을 흐르는 진실 안고 믿음의 세계로
고요히 걸어서 오시어요

예쁜 가슴 속
미소 짓는 님의 얼굴 보며
해인삼매 찾아들면
삶의 정다운 나래 알려주리니

꿈의 보좌
하얗게 꽃 피운 백합꽃잎처럼
무상의 보배 한 아름 안고
청아한 걸음으로
사뿐사뿐 걸어서 오시어요

경주의 숨소리

서라벌은 비었고 달은 한 조각
석굴암은 늙었고, 청운교 천년
푸른 산 반쪽 단풍잎 들고
해 뜨는 불국사 통일종 우네
산 아래 건물 통일전 열고
천지에 둥둥 법고 소리만 울린다

새 생명의 날

반야의 달그림자
소 울음과 여울질 때
무상으로 빚어진 발가벗은 우리네 나신

섬세한 자성의 길
청옥수로 씻어내
한 소식 찾아서 불암산에 들어서네

생과 사의 갈림길
복음으로 길러낸
문수와 보현을 닮아가는 끝없는 정진

되돌려 받은 일생
밝은 빛 보이고자 칠정을 다스려
값비싼 도인 자리 탐해보네

예부터 찾아든 그 길 뉘라서 알음알이
서리 같은 언약 따라 도 배우기 힘이 드네
새 모습으로 우뚝 서기 괴롭기만 하네

업(카르마)

명예 속에 찌든 세속의 때
옥경대에 풀어 놓고
가는 사람 오가는 정
세상 따라 낡았어라

인생 무대 몇 장면 오르내리면
삼독의 불길만 활활 타올라
우매한 시간 밝음만을
뒤쫓는 불나방 같아라

양어깨에 짊어진 선악과 아무도 몰라
천근처럼 느껴져도 솜털처럼 가볍게
청송 향기 품고 살자

나를 찾는 해인삼매, 긴긴밤 지새워도
팔만대장경 속에 꼭꼭 숨어들어
업을 씻고 살기엔
한 세월이 화살 같다

아, 점점 쌓여만 가는 업장이여
어찌 씻어낼 수 있을거나

홍련암

님의 모습을 그려봅니다
님의 얼굴을 그려봅니다
밀어 속 초롱초롱한
님의 두 눈을 그려 봅니다

어느 날 그 님이 밟고 간 자리
수시로 그 님이 떠나 간 자리
행여나 그 님이 남기고 떠난
그 자리 다시금 찾아서 오나

님이야 다시 또 올 리 없지만
혹 다시 돌아온다면
바람 물결 위 파도 만들어
그 옛날 모습 마냥 보이니

님의 모습을 봅니다
님의 얼굴을 봅니다
첩첩해중 보타산
미타굴을 봅니다

세종로

경복궁은 주인 없고 산은 반 조각
돌층계 닳았어도 비람은 천년
삼각산 왼편에 비가 내리고
산 아래 광명로 빛을 발하네

천지에 발전하는 소리만 청아하더라

달천강 산사

자비로 빚는 방생의 행렬
오늘 하루 색동옷 입고
먼 미래 기약하며 강물에 풀어주네
황톳길 따라 무딘 붓 세우고
충주의 강물 위에 붉은 사과 던져보네

연꽃, 송이 송이에 서린 무애의 춤사위는
원효의 넋이련가
발 시려 얼어가는 짧은 겨울 한나절

찬란한 금빛 옷걸이
시 짓는 사람들 몫이라면
시래깃국 간 절어 매달기 좋은 날

새벽기도 나가던 수기
평상심 화장하고 열애에 들뜬 시절
산사 향기 풀어 행복기도 발원하네

님은 웃으시고

님은 해맑은 미소로 웃으시고
나는 님을 올려보며
경건하게 고개 숙인다

님의 미소 속 밀어들이
하나, 둘, 떨어져 수영할 때
나는 언제나 기도를 한다

님이 웃으시며 벗어 놓은 순금의 보관
그에 꼭 맞는 머리 테는
이미 내 하늘을 돌려세우고

그 푸른 꿈을 간직해야 하는
변하지 않는 금강보좌로 돌아오기 위해
나는 다시 한번 기도를 한다

명시(明詩)

입 속 깊숙이 되새기는 찬사요
수없이 갈고 닦은 수련의 시간들

맑고 명쾌한 문장은 너를 그리며
곱게 들려 온 기도 속에서 누구라도 쉽게
알 수 있도록, 아름답고 향기롭게
태어날 수 없겠니

굵고 밝은 기상 홀로 표표히 곧추세우고
세월 깊은 영성 속, 멋과 향기
뿜어내는 그 이름 온 세상에 뿌려보라

밝게 빛나는 그 얼굴
솜씨 좋은 명인들의 품속에서
웅장하게 서서 있는 네 모습
이제 황홀하게 빛내어 보라

세세에 네 이름 부를 수 있게
진리와 평화와 사랑의 찻잔
마시게 할 수 있겠니

칠월의 다짐

아름다운 날은 기쁘게 살자
산딸기처럼 붉고 싱싱한 향기를 품고
저 넓은 곳을 바라보게 하자

해마다 이 무렵이면 가슴앓이를 하던
친구의 버릇처럼 순백의 옷을 입자

서산에 저무는 노을처럼
도봉산에 서 있는 낙락장송처럼
조금은 내려 보며 살자

미소로 밝아온 세상
꽃처럼 화사하게 칠월의 청년처럼
마음의 보석을 심자

비 오는 날

우지 말라 천둥아
저녁 시절 붉디붉은 내 입술에
천심을 달고 익어 흘러내리듯

흑빛 고깔 쓰고 춤추는 미인이여
십방을 잠재우듯 한시름 접어
내 시야를 적신다

투정하여 들어오는 네가 얄미워
서럽도록 아름다운 고심 속에서
실핏줄 보이며 터져나가는 번개의 날갯짓

오, 네가 있기에 태양은 시름에 젖고
온 세상 청정으로 씻어
기도하는 마음으로 노를 껴안는다

명예

꼭두새벽 길
달팽이 기다란 촉수
세상 여는 안목 높게만 보여
칠정의 알음알이
가속 페달 밟는다

사랑의 연금술
이슬비에 엮어서
깊고도 넓은 자해의 강물
새벽 달그림자에 어린다

삶의 빛무리
자비로 이고 지우면
두 어깨 가벼운 아침나절
명예의 전당 찾아들어
이름 찾는 꿈 이룬다

우정

그 무엇이 벗인고
아는 이는 알고 있지
눈물, 빗물같이 흘렸던 설움도 알고 있지

금과 은이 보배더냐
참한 친구 보배라지
어떻게 복을 닦아 높은 벗이 찾아올까

형체 없는 나를 찾아 사바세계 수 없는 길
가죽포에 섬긴 형상 검은 때에 물들어
주객이 분간 없는 무분별의 사색길

하루 멀다 깨우쳐도 바삐 가는 세상일래
본래의 얼굴 찾아 그 언제 찾아갈까?

업 녹이고 글 녹이고 형상까지 다 없애서
유, 무정 본 자세로 우정세계 유람하리

2부

나를 찾아서

하늘도 울고 땅도 울던 날
꽃상여 타시고 당신께서 오신 그 산으로 가신 뒤
사십 구제 기억하여 혹시나 오셨는지
찾고 찾았지만, 영정 속에선
귀에 익은 기침 소리 듣지를 못하였습니다

가자미

천수만 뚝길 위에
파도가 어리고

바닷가 길섶에
산책 나온 쌍둥이댁

그 집 앞 마당에 놓인 어항 속
머언 고향이 그리워 꼬리치는 가자미

생존의 바닷속
헤엄치며 숨 쉬는 나를 닮았다

사랑 하나

길 걸을 때 그대 생각
한술 밥 공유하며 또 생각합니다
잠들기 전 꿈으로 감싸 안으면
그대 날 깨워서 정수리에
한줄기 금빛 들이박습니다

즐거운 나날들 꽃처럼 아름답게
사랑의 무지개 펼쳐야 하는
그대는 나의 천사 나는 그대의 날개
곱고도 아름다운 꿀맛 같은 인생을
일평생 하고 싶은 당신

사미인곡

보고픈 임 저기에 서 계시기에
내 마음 아련히 쓸쓸하오나
그나마 그리워하는 마음 하나 있어
이 가슴도 밝게 빛나라

넓고 넓은 이 세상에 기쁨 많음을
내 어이 그 누구에 하소연하랴
먼 후일 두손 잡고 임 마중할 제
말없이 웃으면서 즐겨야 하리

희망의 길 찾아드는 광명불처럼
덧없는 윤회의 길 바람결 따라
높으신 임의 모습 그릴 양이면
그 오시는 길옆에 피고 지리라

오! 달뜨는 하늘가,
보고 싶은 다보탑아

비천(飛天)

오늘 새벽에 오신
내 손님이 아니신가요?

때늦은 달빛 머리에 이고
마음의 창문 살며시 열어
솜털 같은 사랑 안고
달빛으로 자명고 울리던 님

웃고 또 웃고
울고 또 울던
그리도 아끼던
내 님 아니시던가요?

아버지

아버지! 당신의 세상은 온통 흐린 잿빛이었지요

무디고 굵은 쇠사슬로 감은
이 강산의 치욕이 끝난 후에도
약단지 끌어안고 반평생 콜록콜록, 고생하셨지요
하늘도 울고 땅도 울던 날
꽃상여 타시고 당신께서 오신 그 산으로 가신 뒤
사십 구제 기억하여 혹시나 오셨는지
찾고 찾았지만, 영정 속에선
귀에 익은 기침 소리 듣지를 못하였습니다

한 쌍의 학처럼 고고하게 사셨으니
먼저 가신 어머님 만나 회포 푸시고
반야 강 건너 열반의 언덕 오르셔서
영생복락 누리시길 비나이다

밤하늘별 같은 사연과 꿈
몇 장의 언어로 표현하긴 아쉬운 지금
흐르는 눈물이 강을 이루고도 남을 것 같아
비통한 심정으로
아버님 영전에 향을 사릅니다

편히 쉬소서
편히 쉬소서
나는 당신의 아들로 선조의 유지 받들어
수백 년 김씨 가문 굳건히 세워나가렵니다

귀촉도

해마다 이른 봄빛 음지에 들면
밤 골에서는 두견새 운다
그것도 이른 아침나절만 우는 것이
참으로 요상도 하다

먼 옛적 잃어버린 님을 찾아
지금도 되오른 슬픔에 겨워
목 메워오는 호곡성이 새록새록
골짜기에 울려퍼진다

못 오실 님의 그리움
여기저기 꽃송이에 매어달아
님의 체취 닮은 애달픈 사랑
산바람 타고 흐르네

가시 돋은 육신 속
달콤한 알집을 연성하는 것은 봄부터
두견새 울어가며 만들어 놓은
슬픈 사랑의 열매인 것 같다

아서, 사랑이 그렇게 애달픈 거라면
더 아련한 법이거늘
아는 듯 모르는 듯
오늘도 귀촉도 운다

봄 풍경

창문 밖 봄빛
밝기도 하네

갓 되운 볼연지
꽃샘 그린 매화꽃

봄바람에 날아오는
뻐꾸기의 울음소리

소나무 가지 소슬바람
그늘 찾아 서성대고

봄맞이 차일꼭지*
방실방실 웃는다

*예전 애경사에 쓰는 크나큰 천막

불국토의 편지

층층 계단 이십여 개 부지런히 올라보니
산허리 빗겨 만든 소로 길이로다
넓이가 아담하여 산책을 하였더니
발밑 조약돌 소리 내며 반겨온다

눈 들어 하늘 보니 불국편지 보냈구나
법장*의 영결 따라 백룡이 승천하고
입에 물은 여의주 중생 위해 내려놓고
빈 삼베옷 몸에 걸쳐 덧없이 헐렁하다

백의관음 품속에서 극락 천 가렸더니
못다 배운 공부 위해 석존께 떠났구나
평생 베푼 중생사랑 훌훌 털어 접어두고
못내 배운 자비공부 이제 모두 완성하소

몇 송이 솜털구름 천상계 그렸는데
중생들 이익 위해 복덕을 빌어보며
나는 아직 이곳에서 명복 빌며 울고 있네
가신님 성불하여 좋은 세상 가사이다

*법장스님: 불교계 생명나눔실천회 1대 회주

나의 별

동짓달 얼핏 지나 호들갑 떠는 그대
밝음이 좋아 반족의 걸음 떼어가며
태백의 한잔 술로 덥혀진 풍류
밝은 한 세상 살기 위해 신전 찾는 사람들

섬돌에 뿌린 은하의 넋
하얗게 빛날 때 우리 두 눈을 맞추어요
그대 영원한 꿈의 날개로
부디 날 빛내소서

봄날같이

산 개울 걷노라면 징검다리 열하나
다리 사이는 한 걸음 돌샘이 생글생글

삼월인 손님처럼 살랑살랑 찾아와
속삭이는 햇살 따라 봄이 살고 있어요

새침데기 봄바람 기지개 켜고
송이송이 달려온 붉은 연산홍

피어나는 정렬처럼 향기도 짙어
봄 마실 넘나드는 산 고을 가야

꽃다린 동산에 은 여울치고
동방의 화폭 세상에 선보일 때

아름다운 이름 뒷날까지 아우르는
아! 아가페여!
봄날같이 되어요

가을비

산바람 문득
백로에 가까우니
가을비 보슬보슬
온종일 흐려있네

산기슭 나무들
화들짝 놀래어
몇 방울 이슬 머금고
날 향해 기울었네

칠성산의 가을

마음 한 자락 헌 옷 털 듯이
홀홀 벗어던진 저녁노을
바람결에 흩날리며 찾아들면
어느덧 산머리는 음영만 흐르고

산 밑 추수 끝난 들판에는
잘려 나간 볏단만 나뒹구는데
산 너머 오가는 기러기 떼
하늘가 점점이 수를 놓네

하늘 아래 칠성산에 떼몰이 연기
해 질 녘 불빛이 붉게 타는 강
강 건너 풋내 나는 그 젊음이
깊은 산골 물 흐르듯 사랑 끝
울음까지도 풀어 내리고

이제 파아란 얼굴 하나 들고
바다에 다가서는 사색 깊은
가을 하늘 하염없이 바라보며
홀로 서 있네

참사랑

사랑은 인연으로 왔다가 인연 따라 헤어지지만
이 넓은 세상에서 오직 당신만이 나를 불러 세웠어요
나는 당신의 목소리 듣고 좋아서 온종일 웃었지요
웃다가 좋아서 덩실덩실 춤도 췄지요
당신 이외엔 그 어떤 것도 사랑할 수 없어
산언덕 쭉 뻗은 나무에게조차 눈길 한 번 주지 않았지요

아무도 나를 부르지 않았을 때엔
캄캄한 암흑뿐이었기에
내 이름 석 자 불러준 당신을 사랑합니다
당신의 참사랑만 내 가슴에 품고
환희에 젖은 채 살아갑니다

님께서 부르시면

언제 어느 때라도
이 세상 모든 것 내려놓고
갈 수 있습니다

언제 어느 때라도
업장소멸 못하여 부끄럽지만
부르심에 순응하여 갈 수 있습니다

대웅전 돌탑에 흐르는 향기처럼
들판을 휘감은 원력처럼
한 생, 온전치 못해도
부름 따라갈 수 있습니다

가고 오는 것이
님의 법이거늘
있고, 없는 것이
무상의 진리이거늘

님께서 부르시면
아무 때나
그 부름 따라
홀홀 털고 갈 수 있습니다

어머니

당신 누워 계신 산에 봄이 왔습니다
가까이 있기도 하고 멀리 있기도 한
남쪽 나라 그곳, 꽁꽁 얼음 녹더니만
당신의 품 같은 체온이 느껴집니다

나는 그 무엇이 좋아서 봄꽃 만개한 시냇가에서
고단한 삶, 강물에 씻으며
당신에게 물려받은 허스키한 목소리로
사모곡 몇 소절 부르고 있겠습니까

봄꽃 속에서 당신을 느낍니다
파릇파릇 돋는 새 풀 속에서
당신의 숨결을 확인합니다
자식들 위한 합장 기도가 있었기에
생의 기쁨 물결치듯
이젠 영축산으로 흘러가고 있습니다

아, 당신은 부처님 인연 속
영원한 그리움이며, 모정이며, 사랑입니다

호수공원

이슬비 젖은 수련꽃
물가에 둘러 있고
넓고 넓은 하늘
물속에 첨벙 잠겨 있네

공원인지
강물인지
헷갈리는데
때때로 제비 날아들어
물결치며 놀다가 목욕하고 가네

하늘도
새도 물속에 잠기거늘
세속 때 찌든 사람들만
어디론가 바삐 가네

촛불

바람이 스쳐 가면서
암자 촛불이 흔들리고 흔들리다
꺼져버렸다

다시 촛불을 켜고 집중해서 바라보았더니
바람에 흔들리다 다시 일어선다
꺼질 듯 꺼질 듯 춤추면서 빛을 발한다

엄습한 죽음 앞에서
한 생명은 가고
한 생명은 발악하면서 버티는 것이구나

새벽 무렵, 핸드폰 문자에 슬픈 부고가 뜬다

혼자가 아닙니다

지하철 타러 바삐 가는 길
쿵, 뒤에서 나는 둔탁한 소리
뒤돌아보니 산산조각 난 물체 하나
바닥에 나뒹군다

이런 안전모도 안 썼는데
큰일 날 뻔했군
단 몇 초 사이로 갈리는 생사
등줄기 식은땀이 흘러내린다

관세음보살 나무아미타불
관세음보살 나무아미타불

기억하라
혼자 걷는 것 같아도
혼자가 아닌 것이 인생이다
부처의 가피와 공덕으로 먹고 마신다
길을 걷는다

법문과 현실

주지 스님 말씀이 자기 마음을 깊이 있게 보라는데
자연과 사물을 깊이 있게 탐색하라는데
아무리 봐도 보이는 건
늙어가는 내 모습뿐

법문과 현실 사이
부처님과 나 사이
괴리감을 좁힐 방법이 없네

그래도 가끔씩은 사물의 실체가 보일 때가 있으니
명상하러 산으로 가지요
마음공부 하러 절간으로 가지요
법문 듣기 전 맨 앞자리 차지하려고 몸부림칩니다

나를 찾아서

이른 새벽
죽비 소리와 함께 엎드리기 시작한다
백하고 여덟

햇빛 눈부신 때
햇살을 품에 안고 위장된 가면을 벗겨 본다
백하고 여덟

붉은 노을
산사 추려 끝 풍경을 흔들어델 때
황급히 엎드린다
백하고 여덟

고요한 산사의 밤
홀로 깨어, 나는 누구인가 실상을 추적한다
백하고 여덟

3부

등불

구름에 달 가듯이
그렇게 떠나가리라
강변에 휘날리는
하얀 가루 한 줌
그것마저 바람에 날리듯 사라져 가리라

우담바라

삼천 년에 한 번 핀다는 그 꽃
부처님 전 일념으로 사모했지만
세속에 찌들어 친견하진 못했습니다

내 한 생
백 년도 아니 피었다 질 것이니
그 꽃을 본다는 건
영영 불가능한 발원이겠지요

내 한 생 스쳐 가는 길에
꽃 피울 건 언어의 땅 뿌리 내린
시 꽃뿐

견성하지 못한 서툰 언어지만
몸부림치며 피워낸 꽃이기에
우담바라라 부르고 싶습니다

시 사랑

님이 오라고 손짓하는데
노래를 못 부르니
어찌 갈 수 있을까요

가슴 속 열정의 불
뜨겁게 타오르니
잿더미 되기 전
님의 마음 얻을 수나 있을는지요

긴긴밤
님과 함께
사랑 노래 불러가며
얼싸안고 뒹굴 수 있을는지요

아, 내 님이여
영원한 내 사랑이여
밀고 당기는 줄다리기 그만하시어
멋진 옥동자 품에 안게 하소서

영과 육 갈고 닦아
오직 당신께만 바치오리다

알 수 없어요

동녘 하늘에 참 이슬 뿌려
새벽을 열고 오는 것은
어느 누구의 숨결입니까

서쪽 하늘에 보이는 해인은
가신 님 그림자 찾듯 기약 없는 손짓
중생을 깨우치신 당신의 뜻 아니십니까

다시 오마 언약하신
님의 미소는
소리 없이 연등 공양 드리시던
어머님의 서원인 것만 같습니다

천둥 번개 스치면 알 것도 같고
햇빛 속 환희를 노래하면
곧 칠흑 어둠이 찾아와 나를 짓누르니

당신은 누구십니까
나는 누구입니까

알 것 같기도 하고
돌아서면 아닌 것 같으니
삼백예순 날, 두 손 합장
짙은 참회로 다가섭니다

강남에 갔더니

아파트 숲을 이룬 그곳
둥지 튼 참새같이 쨉쨉
인간들을 유혹하는 성형외과 간판들
구름처럼 떠 있네
외모 지상천국
눈, 코, 입, 몸뚱어리 마음대로 변형시켜 준다는데
늘리기도 하고, 줄이기도 한다는데

마음은?
본바탕은?
불성은?
어떻게 할 것인지 묻다가
성형인간 구경만 실컷 하고
허기져서 돌아오네

바람에 날리듯

사랑을 숨기듯 그렇게 묻었다
가슴 속에 묻은 한 영혼을 위해
기도를 하고, 독경도 하고
씨 하나 심듯 그렇게
마른 땅에 불씨 하나 묻었다

바싹 마른 흙을 적시는 눈물 몇 방울
뒤돌아보면 이승은 메마른 벌판
수많은 시간의 억센 수풀 속에서
꿈을 가꾸며 하얀 저승꽃 지피운다

세월의 강 건너기 위해
반야선 하나 삭고 있는데
기도문 외워가며 영혼 한 사람
바람결에 날려 보내면

구름에 달 가듯이
그렇게 떠나가리라
강변에 휘날리는
하얀 가루 한 줌
그것마저 바람에 날리듯 사라져 가리라

취몽루

되풀이되는 일상 속
환희의 고리 엮이듯 붉게 타는 오후
설움 쫓긴 잠 곱게 접고서
몇 잔, 술에 취해 보네

육신은 취해도 가슴은 타올라
두둥실 뛰어오른 추억 한 장면
소녀의 머리채처럼 풀어헤치고
내 곁으로 다가오네

고통의 순간은 주마등처럼 불빛을 켜
우정의 깊은 속울음 타고
감성의 오솔길로 이끌어 가네

비몽사몽
취안에 꼬인 만상의 미소
가슴 속 파란 불꽃 여전히 튀건만
내 곁에 쭈그려 앉아 빙긋 웃는다

등불

종로5가에서 우동 한 그릇으로 배를 채우고
어둠이 덮기를 기다렸어라
등불 앞세우고 뒤를 따르는 보살들의 발걸음
천상을 거니는 듯 가벼웠어라

아, 내가 잃어버린 불빛이
아스팔트 위에 둥둥 떠 있었어라
제등 등불, 불씨를 내려주신 부처님께 감사하며
그 불, 내 마음 속으로 얼른 옮겨 붙였어라

어둠 속에 선
내가 보이고
이 세상의 실체가 밝히 보였어라

신발

아버님
당신의 신발은 늘 같았지요
국제표 검은 장화, 검정 고무신, 외출하실 땐 하얀 고무신
그것뿐이었지요

하얀 고무신 신고 장터에 다녀오시는 날이면
구남매 왕사탕 한 알씩 입에 물고
툭 튀어나온 볼로 마주 보며 깔깔 웃었지요
저는 아버지가 마냥 좋았어라
고무신 댓돌에 놓인 것만 봐도
알 수 없는 든든함에 행복했어라

아버님
저승 땅에선 검은 장화, 검정 고무신 신지 마시어요
자식들 배 불리기 위해 고생하지 마시어요
내 기억 속 찢어진 고무신, 눈물 파도 치기에
구두 뒷굽 탁탁 죄 없는 땅만 쳐 봅니다

아, 그립습니다
선운사 주지스님 헛기침처럼 들려오던
가래 끓던 쉰 목소리
오늘따라 그리워서 미칠 것만 같습니다

고향, 알미장터

보고 싶은 친구 찾아
고향에 갔더니만
배낭 메고 떠돌던 아이들
흔적도 없네

이리저리 온종일 떠돌다
막걸리 한잔 목축이며
거울 속에 내 모습
슬며시 비춰보네

아, 그리운 친구들아
하나, 둘, 유성같이 사라지기 전
하늘빛 푸른 날, 알미장터에 모여보자
다시 한번 깔깔대며 떠들어 보자

한계령

굽이굽이 고갯길을
쉬어가는 저 구름

임 따라 고개에서
먹고 쉬고 뛰놀다가

깊은 시름 풀어 놓고
숨바꼭질할 적에

바다보다 깊은 사랑
이별하기 싫은 탓
하염없이 울음 우네

겨울바다

황토 흙 띠로 묶인 바다
복지타운* 세우려
분주히 오가는데

칼처럼 매서운 바람
동창회 때 쓴 모자
바다에 빠뜨리고
파도는 모른 척 도망치네

심술궂은 바람에게
왜 그랬니 물었더니

바닷가 하도 추워
붉은 햇살인 듯
착각하여 그랬다하네

*석문산업단지 조성공원

별 빛나는 밤

묵은 먼지 벗어던진 하늘
쪽빛 돛단배
별빛 손님 태우고
넘실넘실 헤쳐갑니다

꽃향기 가득 금관
머리에 이고
멋진 팔등신 미인
수줍어 웃고 있습니다

태곳적부터 타고난 미색
그냥 바라보기엔
가슴 깊은 통증이 느껴집니다

세상을 밝히는
투명한 혈관으로
별들이 묻습니다

너는 보았는가
두 눈 부릅뜨고 보았는가
만상의 본 모습을

색동수국

하늘 맑고 무더운 날
송이송이 산 꽃송이
수국 잔치하여요

덤으로 만든 여유로
꽃그늘 이루고
남녀노소 손잡고 꽃구경 가네요

물 흐르는 시냇가
알록달록 색동 수국
피어있는 꽃보다 안고 있는
웃음꽃 더없이 행복하여
집으로 돌아가고 싶지 않네요

내 마음을 아시는 이

달 밝은 밤
절 올리다 말고
부처님과 눈 맞추니

비 내리는 날
절 올리다 말고
독백으로 소원 비니

바람 부는 날
설레는 가슴 불전에 올려놓고
타오르는 촛불 바라보고 있으려니

내 마음을 아시는지
내 마음을 읽어주시는지

슬며시 다가와 품어 주는 부처님 품
아, 여기가 극락인 것을
이제야 깨닫습니다

연등

부처님 오신 날
연등 걸며 소원 글 적었지요
기도문처럼 몇 자 적어
발원하였더니
햐, 신기하게도
기록하지 않은 소원까지
이루어 주시네요
연등보다 더 밝게 빛나도록
삶의 길 환하게 밝혀주시네요

눈 내리는 날

누이야 솜처럼 새하얀 눈 내리면
우리 벌판에 뛰어나가 덩실덩실 춤추어보자
들판 토끼처럼 뛰고, 참새처럼 날며
하얀 입김 내뿜어 산천을 녹여보자

누이야, 싸락눈 내리는 저녁이면
화롯불 지피워라
불가에 둘러앉아 군고구마같이 구수한
지난 추억 구워보자

누이야 함박눈 내리는 밤이 오면
놋 촛대 내 오너라
가난으로 타오르던 심지 그을음 제거하여
새 희망의 불꽃 환하게 밝혀보자

사랑하면 왜 바보가 되는 걸까

사랑하면 왜 웃음이 떠나지 않는 걸까
길을 가면서도 웃고
전철 타고 두 시간 서서 가도 웃고
아파트 공사장 등골 휘는 일을 해도
왜 자꾸만 웃음이 나는 걸까

사랑하면 왜 눈물이 흐르는 걸까
폐업 알리는 단골식당 안내문 앞에서 울고
친구의 부고를 받아도 울고
영구차 지나가는 사이렌 소리에도
왜 눈물, 눈물이 흐르는 걸까

사랑하면 왜 바보가 되는 걸까
그대 눈빛 외면하면 머리가 띵해지고
나를 바라보며 한 번 웃어주면
고단한 몸뚱어리 하늘을 날아
배고파도 좋고, 슬퍼도 좋으니

사랑하면, 사랑하면
왜, 바보가 되는 걸까

법당 극락

육신 피곤했나보다
심신 고단하였나보다
법당에 자리 깔고 절하다가
이마 닿은 채 잠이 들었다
새벽예불시간 눈을 뜨니
비몽사몽 여기가 극락처럼 느껴진다
절은 아니 하고 잠만 잤지만 간밤 극락에 다녀왔노라
아미타불 부처님 계신 곳이면 그곳이 극락 아니겠는가

욕심

나의 언어는 늘 풀어진다
한 편 시에 많은 이야기를 하려는
욕심 탓이다

언어 함축,
삶도 압축하라는
스승의 지엄한 목소리

시 짓다 보면
인생길 걷다 보면
죽비같이 내 등짝 후려친다

순간 툭 떨어져 나가는 욕심 덩어리
다시 주워 매만지는 중생의 삶
참 고달프고 고달프다

그릇 1

명동상가에 장사하는 친구 밥주걱
국회 의사당 나가는 후배 표주박
인천에서 공장 운영하는 친구의 검은 가방
시를 쓰는 여자 친구의 예쁜 붓통
신세대, 구세대 차이는 있겠지만
그 무엇인가 담는다는 건 같은 것이니
이 세상에 그릇 아닌 것이 어디에 있으랴

난 간장 종지 같은 성품
조금씩. 조금씩 넓히고 싶어
주물 간, 쇠몽둥이 맞으러 절간으로 간다네

그릇 2

제법 달구어졌다고 생각했는데
제법 부처님 법 배웠다고 자랑했는데
실상은 아직 진흙 덩어리
이것저것 아무것도 담지 못하여
버려질 것 같은 슬픔 예감이
목덜미를 스쳐가네
고승의 입, 법문으로 구워져야 하리
수 없는 염불로 구워져야 하리
고행의 길 위에서 깨우쳐야 하리
아, 슬픈 그릇이여
산산조각 깨어질 연약한 육체여
산사에 울려 퍼지는 후회의 신음소리
가을 산 단풍 질 때쯤 들을 수 있겠네

그렇다면 너무 늦지는 않아야겠지
진리 법 담아내는 그릇이 되어야겠지

말에 대한 결심

눈 내리는 밤이면
입 굳게 다물어
창밖을 바라봐야겠다

비 내리는 날이면
창밖 가로수에게
한마디 말만 해야겠다

혼자 있는 시간이면
나 자신과 대화를 많이 해야겠다
입속 재갈 하나 물려 놓고
침묵으로 돌아갈 고향 그리워하며 살아야겠다

굴산사 옛터에서

가을 벌판
목덜미 스치고 가는 바람에게
범일 선사를 보았느냐 물었더니
당간 지주 서 있는 그곳으로 가보라 하네

돌 하나, 나무 한 그루, 석양 노을 숲속
헤집고 다녔지만, 선사의 옷자락 보이지 않아
무성한 풀 위에 드러누워 버렸네

사굴산문의 본산인 이곳에서
님의 이름 부릅니다
아, 선사여 당신은 수없이 윤회하여
지금 어디에 계시옵니까

그립습니다
뵙고 싶습니다
법문 한자락 듣고 싶어 미칠 것 같습니다

4부

산 너머 산 물 건너 물

나보다 500년 더 뿌리내린
나무에게 절을 했어라
길이 어디에 있는가
감추어진 길을 물었어라
바람이 잎을 흔들 때
툭 떨어진 잎 하나 주워서
매만지며 깨달음을 얻었어라
나무의 세월보다 짧고 짧은 것이 중생의 수명이라고

바다에 서서

상념에 깃든 바닷가
파도의 속삭임에 귀 기울이고
고향 찾는 돌고래 노랫소리
바람 타고 밀려온다

몇 달을 기다린 소망
파도처럼 넘실대면
반짝이는 별빛 따라
님의 얼굴 그리며

뿔소라 고동소리
돛단배 불러 모아
금 비단 자리자리
옥구슬 펴련다

먼동 트는 아침 바다
몇 날 더 땀 흘리면
자선의 국 끓여낼지
하늘에 묻고 싶다

태양빛 달궈진
모래 위에 서서

새해 부처님 전에서

백마를 타고
호의호식한 것도 아닌데
어느덧 환갑이 지났습니다
청마를 타고
한 세월을 지나가면서
출가할 기회도 있었지만
그때를 놓치고 나니
중도의 길조차 제대로 걷지를 못합니다
부처님 제 길은 어디에 있습니까?
저의 시간은 얼마나 남아 있습니까?
시간을 만져봐야, 시간을 눈으로 확실히 보아야
인생적중의 길을 걸을 것인데
외도만 걷다가 무상의 세월만 흘렀습니다

부처님, 저입니다
저를 아시지 않습니까
온전한 것 같지만, 중풍 걸린 삶입니다
절반 마비된 삶입니다
금년엔 지혜가 밝아지는 보리수 아래로
이끌어주셔서 불성과 여래장 갈고 닦게 하시어요

무지개를 찾아서

봄에 무지개 찾으러 푸른 그림자 스치며 갔더니만
바람이 길을 잘못 알려 주어서 농땡이 치다가
호시절, 다 보내고
꽁꽁 얼어붙은 겨울에 무지개 찾으려니
서쪽 하늘에 파도소리만 높으네요

이젠 무지개 찾기는 틀린 건가요
밤을 기어가며 하늘에 올라 봐도
구름은 산 너머 건너가서 고요하고
사방천지 침묵이니
무지개 찾는 건 영영 꿈인 것 같네요

백발번뇌 속에서 무지개 찾다가
혼자 쓸쓸히 죽어야 한다면
아, 숲속의 작은 벌레 같은 인생이 아니어라
어제 길에서 만난 스님 법문에 무지개는 자네 안에 있는
각(覺)이라고 하셔서 눈물만 펑펑 쏟았습니다

무지개가 내 안에 있음을 깨닫지 못해
이리저리 찾아 헤매었으니
눈발 속에 서서
언 몸으로 흐느낍니다

용서

대자대비 부처님 저에게 자비심을 주시어
질기고 질긴 악인연들을 용서하게 하시어요
별것 아닌 나를 중상모략한 사람들 용서하게 하시어요
날카로운 혀로 내 가슴에 상처를 남긴 이들 용서하게 하
시어요
합장기도, 보살이 되어서도 입에서 악취가 나는 인연들
용서하게 하시어요
잃어버린 용서, 긴 세월 그들을 미워하느라
미혹의 인생길 걸은 나 자신도 용서하게 하시어요

대자대비 부처님
이젠 무명과 고뇌 속에서 갈팡질팡 헤맨
나를 용서하게 하시어요

마중

예쁜 아씨가 오신다기에 잰걸음으로 마중 나갔더니만
인파가 너무 많아 긴 줄 끝에서
기다리다, 기다리다 돌아왔더니
번개 치듯 지나가셨다고 하더이다

도솔암 용마의 울음소리 서쪽 하늘에 울려 퍼지기에
지장 전에서 부처님 뵈오려고
기다리다, 기다리다 깜박 졸았더니
찰나에 오셨다 가셨다 하더이다

백팔계단 단 걸음 뛰어내려 뒤를 쫓아도
흔적조차 뵈올 수 없었으니
법고소리에 눈물만 묻어놓고
돌아올 수밖에 없었더이다

기다리는 것이나 마중하는 것이
제일 어려운 것이었음을
구름 걸린 산 중턱 바라보며
고백하나이다

고독사

인간은 혼자 죽지 아니하여요
혼자 가는 것 같지만 그렇지 아니하여요
부처를 믿으면 부처 곁에서 죽고
예수를 믿으면 예수 곁에서 죽는 것이여요

고독사는 없는 것이어요
눈 밝히 뜨고 보면 그 곁에 신께서 함께 하는 것이어요
신으로부터 왔다가 신께로 돌아가는 것이어요

제사

온 세상 폭설로 덮은 오늘은 어머님 기일입니다

구례 텃논에서 난 찹쌀로 떡을 빚고
새배미 모쌀로 하얀 김 오르는 백설기를 빚었습니다

형제우애 강조하신 가르침 따라
구남매 모여 당신을 생각합니다

부모은중경 허공에 울려 퍼지니
아, 그리움의 눈물, 불효의 죄스러움 혼합되어
눈물바다 이룹니다

이마 찧으며 효도 못 한 속죄로 엎드립니다
가르침 따라 살지 못한 죄 통곡으로 엎드립니다

향불만 고요히 타오르는 밤
이승과 저승의 공간 허물고
고향 땅 편히 다녀가시어요

느티나무에게 묻다

봉선사 느티나무를 만났어라
그 나무 심은 세조대왕의 부인 정희왕후도 만났어라
감히 고개 들고 바라보지도 못했어라

나보다 500년 더 뿌리내린
나무에게 절을 했어라
길이 어디에 있는가
감추어진 길을 물었어라
바람이 잎을 흔들 때
툭 떨어진 잎 하나 주워서
매만지며 깨달음을 얻었어라
나무의 세월보다 짧고 짧은 것이 중생의 수명이라고

털썩 주저앉은 나를 느티나무가 일으켜 주었어라
그때 청풍루 꼭대기에 나부끼는 붉은빛 깃발을 선명하게
보았어라

실체적 나

거울 앞에 비친 한 인간의 모습이
익숙하면서도 낯설게 느껴진다
어디서 태어났소
언제 태어났소
어떻게 살았소
부인은 누구요
금슬은 좋소
자식은 몇이요
침묵하는 인간이 늙어보인다
고생 많이 했구려

진짜 나는 어디에 있는걸까?

산에서

산에 안 올라가 본 사람 없겠지만
푸른 산이 사바세계의 축소판인걸,
아는 이는 별로 없을 거야요

어린애동나무부터
늙어 고사목 된 것까지
바람에 흔들리며
야생화 곁에서 뿌리내리다 썩는 거야요

산과
세상이
나무와 인간이
별반 다른 건 하나 없더이다

삭발

단기 출가하는 동자승을 본다
천진난만 미소 사이로 굵은 머리칼 잘려 나가자
씩 찡그린다.
반질반질한 머리 위에 태양빛 광명이 빛난다

나도 삭발하고 싶을 때가 있었지
번뇌로 자란 머리카락
싹 밀어버리고 싶을 때가 있었지
민대가리로 살고 싶을 때가 있었지

귀한 스님과 발맞추어
월정사 숲길 걷고 싶을 때가 있었지
할 수만 있다면, 세속에 찌든 마음까지도
싹싹 밀어버리고 싶을 때가 있었지

세속에 찌든 발톱, 손톱도
삭발시키고 싶을 때가 있었지

내려놓기

무거운 삶이 싫었네

지갑, 핸드폰, 동전, 카드, 수첩, 다 꺼내놓고
호주머니 먼지까지 탈탈 털고 길을 나섰다

홀가분한 발걸음으로 문수보살,
혹 부처님을 곧 만날 것 같았는데
푸른 하늘엔 구름만 보이고,
금방 허기져서 배가 고팠다

아, 그래서 내려놓고, 훌훌 벗고 살지 못하나 보다
무에서 유로 돌아올 수밖에 없었네

그런 내가 미워서 울기도 했었네
이 세상 싫어지기도 했었네

아스팔트 포장

도로 위에 덧입힌다
찐득찐득, 검은 빛깔로 덧칠한다
스트레이트 아스팔트를 덮어 놓으면
본래의 형상은 사라진다
원상회복은 힘들다
그것이 타락이다
마음 덮은 이것 벗겨내느라고
귀한 세월 보냈다

본래의 나
나의 실체
그건 찾기 어렵고도 어렵다

빈 마음

상자 속에 담긴 물건들을 내 버리듯
내 속에 있는 것들을 집어낸다
친구, 돈, 고향, 형제, 아파트, 첫사랑,
전에 살던 양천구 신월동 빌라, 지금 살고 있는 부천 집
까지 다 뽑아냈는데, 웅크린 존재가 있다
뭐지?
뭐지?
아하, 평생 못마땅해서 구박하고 잔소리하던 내 아내였군

인연법에 묶여서 정리가 안 되니 화장터 가기 전까진
사랑할 수밖에 없네
삶, 고달프기도 하지만 참 아름답네

시(詩)

화두, 머리에 꽃피운 적 있지
돈, 실컷 벌었다가 내 버린 적 있지
직장, 잘 다니다가 사표 낸 적 많지
자동차 운전하다가 접촉사고도 냈었지
아내 잔소리 한쪽 귀로 듣고 한쪽 귀로 흘렸었지

그런데 시, 이건 내 마음대로 못하겠어
하룻밤 사랑하다가 마음 변해 도망가니
뒤쫓아 다니려면 진액이 빠지거든

부처님 전
환갑 지나도록 마음대로 못한 건
이것밖에 없음을 고백합니다

반추

이 세상에 태어나 길을 걸으면서
내가 지은 업는 무엇일까 생각해본다

바가지 긁는 아내에게 거짓말하면서 미꾸라지처럼
빠져나갔던 죄
착한 아내의 가슴에 못을 박고, 빼준다고 약속하면서
더 깊숙이 박았던 죄
남들이 땀 흘려 일할 때 느티나무 아래에서
코를 골며 잠들었던 게으르고 나태했던 죄
하늘을 원망하여 바람이 내게로 불지 않는다고
탄식하며 맑은 공기를 오염시켰던 죄
인생 낭비하여 육체가 병든 후, 무엇을 해보겠다고 발버
둥 친 어리석었던 죄

그중에 가장 큰 죄는 견성한 척, 으스대며 작은 지식으로
큰 것을 뽑아내어
부처님 전 기도했던 죄
하나하나 해결하지 못하고 뭉뚱그려, 악업 쌓아 놓은 죄

부처님, 용서하시어 정념으로 선업을 쌓게 하시어요

산 너머 산 물 건너 물

내 님 부처시여 감히 묻나이다

우주의 티끌, 전라도 땅에 태어난
제 생은 무엇입니까
한 여자를 만나 가정을 이룬
그 사랑, 그 인연은 무엇입니까

돈 있어야 괄시 없이 산다 하여
뼈골 무너지도록 모았건만
진정한 부가 무엇입니까

하나, 둘, 소중한 인연들이
제 곁을 떠나 한 줌 재로 돌아가니
생의 종말 죽음은 무엇입니까

저의 아비는 누구이고
저는 누구이고
제 아들놈은 무엇입니까

산 너머 산

물 건너 물

인과업보, 전생윤회의 수레바퀴인 것이옵니까

무지한 존재를 깨우쳐 주시어요

법문과 시

고승의 법문은 짧고 간결하다
짧고 간결하지만 중생이 느끼도록 깨우친다
한마디 말이 가슴을 찌르는 비수처럼 날카롭다
확실하게 깨우친 진리인 때문이다

나의 시는 자꾸만 길어진다
나의 시는 이상하게도 풀어진다
두통을 유발시켜 진통제 한 알 삼키게 만든다
무슨 말인지 자신도 난해한 그런 시를 쓸 때가 있다

이제 고승의 법문처럼 줄여야겠다
딱 한 마디로 견성에 이르는 그런 시를 짓도록 몸부림쳐
야겠다
시다운 시를 써야겠다

나무아미타불 관세음보살

빈털터리 인생

빈손으로 왔다가 빈손으로 가는 것이 인생이어라
울고 왔다가 울고 가는 것이 인생이어라
허무 속에서 빛을 발하는 시인은 복되어라
술에 취하고 허무에 젖어 내뱉은 언어이긴 하지만
시, 그런 화장터의 용광로도 태우지 못하는 것이어라

월세부터 시작해서 전세 살다가 화곡동 삼성빌라 살 때에
몸은 병 들었으나 부처님이 나에게 축복하셨거든
시인이란 고귀한 왕관을 턱 씌워 주셨어라
이제 행복하여라, 언제 어느 때 윤회의 수레바퀴 속으로
사라져도
남기고 갈 유산, 시가 있어서 행복하여라
빈털터리 인생에서 탈피하였어라

습작(習作)

얼마나 다행인지요
넘치지 않고 찰랑거리는 그릇 되기 위해
깊은 밤, 별빛 주워 들고
졸음, 씹고 씹으며 고뇌 속에서
깨어 있을 줄을 나는 몰랐더이다

온갖 망령의 뿌리 말끔히 뽑아
감성의 불 밝힌 채
흐트러진 퇴고의 머리카락
빗질할 줄 정녕 몰랐더이다

세월의 신작로 위에
청송 몇 그루 심어 놓고
낮엔 흙 뿌려 마른 뿌리 감싸고
밤이면 다섯 폭 산수화 왜 그린다 했는지
이젠 알 것만 같더이다

하늘 보며 울었더이다
별을 세며 흐느꼈더이다
한 편 명시를 쓰기 위해
북극성 그 별빛을 찾아
새벽이슬 젖도록

눈빛 충혈된 그 고통을
진정 예전엔 몰랐더이다

아, 눈빛 초롱초롱한 옥동자는
부처님 주시는 선물이었더이다

칠월의 시
-친구에게

푹푹 찌는 무더운 날엔
시원한 바람같이 기대어 살자
산딸기, 순수의 향기를 품고
높은 산 정상에서
삶의 전쟁터 내려다보며 살자

해마다 이 무렵이면
제 가슴 치며 흐느끼던 친구여
지금은 어디에서 쏟아지는 땀방울
씻고 있느냐

서산에 저무는 붉은빛 노을처럼
도봉산 낙락장송같이
침묵, 무거운 침묵으로
이 세상 지켜보며 살자

세상, 무더운 것을 어찌하겠는가
삶이 고통스런 것을 어찌 피하겠는가
곧 무더위는 가고
시원한 바람은 불어오는 것

친구야,

칠월, 태양빛 뜨거운 들 견디지 못하겠는가

수국처럼 화사한 미소 지으며

한 세상 가슴 속 보석을 심자

행복의 꽃나무 물 주어가며 멋지게 가꾸어보자

경고의 편지

깊은 산속
부처님 전에서 러시아 땅으로 편지를 보냈어라
땅 빼앗기 싸움, 그것이 목숨보다
더 귀하다고 생각하는 이유가 무엇이냐고

성경에도
불경에도
땅덩어리보단
사람 목숨이 더 귀하다고 기록되어 있거늘
그대 무지한 이유가 무엇이냐고 물었어라

쇠막대기 총이 불을 뿜고
로켓 미사일이 어둠 속 평화를 깨며
수많은 생명, 바람에 뒹구는 낙엽같이
통곡 속에 묻힌 그 이유가 무엇이냐고 물었어라

러시아의 푸른 나무도 죽고
우크라이나 싱싱한 들꽃들이 꺾여서
넓고 넓은 들판 폐허가 된다면
당신은 그 현상을 얼마나 더 즐기며
탐욕의 입 속으로 시뻘건 선짓국 마시겠는지 물었어라

기다려도 편지의 답은 없고
가끔씩 포성만 울려 퍼졌어라
국기와 국기가 부딪치며 요란한 함성만 들렸어라
혹, 오늘 밤 답장이 내게 온다면
무간지옥이 당신을 기다리고 있음을 경고하고 싶었어라

당신의 세월도 고희를 넘겨
하룻밤 달빛에 취하고 나면
곧 서리 맞은 고추처럼 된다는 것을 깨우쳐 주고 싶었어라
아, 짐승만도 못한 우매한 인간에게 경고하고 싶었어라

불심 깊은 존재의
원형 찾기

손희락(시인·문학평론가)

불심 깊은 존재의
원형 찾기

손희락(시인·문학평론가)

1. 시로 쓴 자화상 -자아 찾기

　시인 김범곤의 깊은 불심은 내적 고뇌를 수반한다. 내적 고뇌는 존재의 원형을 추적하는 원동력이다. 그의 심적 번뇌는 '독백' 형식으로 표출된다. 나는 누구이며, 어떤 존재인가? 하는 심적 갈등은 자아를 고독하게 만든다. 고독 속 독백은 무한반복되지만, 그가 해결하고자 하는 문제는 정답이 없는 의문에 가깝다. 신령한 영역에 속했기 때문이다. 인간은 출생 이후, 끝없이 묻고 묻다가 진리 한 주먹 움켜쥐고, 생을 마감한다. 시인 김범곤의 언어는 존재 탐색의 시학이며, 참 자기를 찾는 갈등 속에서 발화된 독백의 언어이다. 긴 세월, 고통과 환희로 채색된 자화상이기도 하다.

　이른 새벽
　죽비 소리와 함께 엎드리기 시작한다

백하고 여덟

햇빛 눈부신 때
햇살을 품에 안고 위장된 가면을 벗겨 본다
백하고 여덟

붉은 노을
산사 추려 끝 풍경을 흔들어댈 때
황급히 엎드린다
백하고 여덟

고요한 산사의 밤
홀로 깨어, 나는 누구인가 실상을 추적한다
백하고 여덟

-「나를 찾아서」 전문

4연 13행으로 짜인 이 시는 자기 일상을 적나라하게 표출한다. 이른 새벽부터 고요한 밤까지 법당에 엎드려 절하기를 반복한다. 각 연의 마무리는 "백하고 여덟"이다. 절하는 모습을 각인시켜 시적 효과를 배가시킨다. 그는 출가한 수행자는 아니지만, 수행자처럼 느껴지는 것은, 종교적 진실 때문이다. 육체적 고통을 감내하며 절하는 목적은 "나는 누구인가" 하는 의문해소에 있다. "백하고 여덟" 언어표현은 쉽지만, 엎드리고 낮추는 실행은 어렵다. 무릎이 벗겨지고, 몸속 진액의 배출로 땀범벅이 된다.

언제부터 절간 마당을 밟았는지는 알 수 없다. 미지의 나를 추적하는 행위는 생사가 결정된다는 자의식 때문이지만, 영원히 해결할 수 없는 난제이며 화두이다. 김범곤 시학의 특성은 현란한 수사와 상상력 배제이다. 자아가 체험한 내적 갈등과 시적 정황들이 형상화되었다. 고로 시적 성공은 어느 정도 거둘 것 같다. 일반 불자의 시각에서 보면, 위장된 가면을 벗고, 성도(成道)를 이루려는 구도자적 향기가 발산되어 그의 시를 보증하기 때문이다.

거울 앞에 비친 한 인간의 모습이
익숙하면서도 낯설게 느껴진다
어디서 태어났소
언제 태어났소
어떻게 살았소
부인은 누구요
금슬은 좋소
자식은 몇이요
침묵하는 인간이 늙어보인다
고생 많이 했구려

진짜 나는 어디에 있는 걸까?

-「실체적 나」 전문

이 시는 자기가 자신에게 묻고 있다. 시인 김범곤이 자아에게 묻는 장소가 어디인지는 알 수 없다. 1연 2행에서 거울에 비친 모습이 "익숙하면서도 낯설게 느껴진다"고 진술한다. 독자의 관심을 유발하는 언어적 기교가 예사롭지 않다. "침묵하는 인간이 늙어 보인다"는 표현은 실제로 그렇게 느껴진다기보단, 마음과 인격을 닦느라 고뇌했다는 우회적인 표현이다. 화자의 삶은 불성의 종자(여래장)를 원천으로 초지일관한 고난의 여정이다. 어디서 태어났고, 어떻게 살았으며, 부인과 자식은 있느냐, 금슬은 좋으냐. 뻔히 인지한 사실을 궁금한 듯 묻는 까닭이 여기에 있다. 시를 읽는 독자는 삶의 궤적을 유추하면서 조우하게 된다. 이 시의 결론은 "진짜 나는 어디에 있는 걸까" 묻고 있다. 지금의 나는 '가짜'라는 확신이다. 자아가 가짜라서 진짜를 찾는다는 이 심각한 물음은 모든 인간의 궁금증으로 변환된다. 예사롭지 않은 사유가 내포된 시다.

백마를 타고
호의호식한 것도 아닌데
어느덧 환갑이 지났습니다
청마를 타고
한세월을 지나가면서
출가할 기회도 있었지만
그때를 놓치고 나니
중도의 길조차 제대로 걷지를 못합니다
부처님 제 길은 어디에 있습니까?
저의 시간은 얼마나 남아있습니까?
시간을 만져봐야, 시간을 눈으로 확실히 보아야
인생적중의 길을 걸을 것인데

외도만 걷다가 무상의 세월만 흘렀습니다

부처님, 저입니다
저를 아시지 않습니까
온전한 것 같지만, 중풍 걸린 삶입니다
절반 마비된 삶입니다
금년엔 지혜가 밝아지는 보리수 아래로
이끌어주셔서 불성과 여래장 갈고 닦게 하시어요

―「새해 부처님 전에서」 전문

2연 19행으로 짜인 시를 전문으로 인용한 것은 화자의
자화상이 적나라하게 묘사된 때문이다. "부처님 저입니다 /
저를 아시지 않습니까" 반문하면서 환갑이 지났음을 알리
는 모습에서 고뇌가 포착된다. 김범곤의 '자아 찾기'는 진리
적 깨달음과 연결된다. 견성하면 구원이고, 해탈이며, 깨닫
지 못하면 백팔번뇌의 미혹 속에서 허덕인다. 불교적 특성
에 치우친 그의 언어는 종교적 교리와 논리를 초월하여 시
공간에서 감동을 확장시킨다. 2연의 내용을 음미하면 자아
의 실체에 대하여, 무엇인가 건진 것도 같고, 여전히 빈손인
것 같은 양면의 자화상이 교차한다. "중풍 걸리듯 절반 마
비되었다"는 독백은 그가 믿는 부처만이 수행 정진의 깊이
를 측량할 수 있을 것 같다. 새해를 맞아 "저 아시지 않습
니까?" 부처님 전에 무릎 꿇은 모습은 아직 득도는 못했지
만, 바로 말하는 정어(正語) 상태임을 유추하게 한다.

2. 표제 시 탐색 -등불, 혹은 우담바라

화자는 시인의 말에서 "습작 10년, 문단 데뷔, 8년 만에 첫 시집을 출간합니다." 진술한다. 습작기 10년은 긴 세월에 속한다. 문단 데뷔 이력과 합산하면, 언어를 매만진 기간만 18년이나 된다. 언어운용이나, 시적 기교면에서 농익을 때가 된 것 같다. 습작기 10년 동안 창작 지도를 받았다는 것은, 시적 열정, 시적 애착이 깊어 보인다. 한번 마음먹으면, 끝까지 매달려 성취하는 천성을 가졌다. 그렇다면 존재의 원형을 찾는 구도자의 길에서 유턴하여 시를 짓게 된 이유는 무엇일까? 자못 궁금하다.

종로5가에서 우동 한 그릇으로 배를 채우고
어둠이 덮기를 기다렸어라
등불 앞세우고 뒤를 따르는 보살들의 발걸음
천상을 거니는 듯 가벼웠어라

아, 내가 잃어버린 불빛이
아스팔트 위에 둥둥 떠 있었어라
제등 등불, 불씨를 내려주신 부처님께 감사하며
그 불, 내 마음 속으로 얼른 옮겨 붙였어라

어둠 속에 선
내가 보이고
이 세상의 실체가 밝히 보였어라

-「등불」 전문

이 시는 표제 시이다. 석탄일을 앞두고 환희에 젖은 시인의 모습이 포착된다. 종로 5가에서 우동 한 그릇으로 허기를 달랜 후, 등불 행렬이 나타나기를 기다린다. 2연에서 화자의 시의식이 표출된다. "아, 내가 잃어버린 불빛이 / 아스팔트 위에 둥둥 떠 있었어라"는 시적 표현이다. 잃어버린 불빛은 자신이 찾고 있는 진리의 불빛과 동일하게 해석된다. 그렇게 해독되는 이유는 2연 3행에 있다. "제등 등불, 불씨를 내려주신 / 부처님이다"라는 인식이다. 등불의 출처가 부처라는 믿음은 습작기 10년을 거치면서 언어를 매만진 이유이기도 하다. 시가 진리를 밝히는 등불로 의식했기 때문이다. 언어예술인 시는 인간을 구원의 세계를 이끌어간다. 진리적 깨우침을 시적 메시지로 변환했기 때문이다. 화자는 이 세상을 '암흑'으로 인식한다. '등불=시'라는 등식은 수행의 본질과 유사하거나 동일시된다. 시짓기 하면서 터득한 깨달음이다.

삼천 년에 한 번 핀다는 그 꽃
부처님 전 일념으로 사모했지만
세속에 찌들어 친견하진 못했습니다

내 한 생
백년도 아니 피었다 질 것이니
그 꽃을 본다는 건
영영 불가능한 발원이겠지요.

내 한 생 스쳐 가는 길에
꽃 피울 건 언어의 땅 뿌리 내린
시 꽃뿐

견성하지 못한 서툰 언어지만
몸부림치며 피워낸 꽃이기에
우담바라라 부르고 싶습니다

–「우담바라」전문

　이 시가 씌어 진 지점은 법당에서 부처님과의 대화(독백) 후인 것 같다. "우담바라"는 불교 경전에 기록된 상상의 꽃이다. 작은 꽃이 항아리 모양의 꽃 밭침에 싸여 육안에 보이지 않기 때문에 다양한 억설들이 생겨났다. "삼천년에 한 번 핀다"는 것이다. 한 백년도 머물지 못하는 인간의 운명에 비하면, 감히 다가설 수 없는 성스러운 꽃이 아닐 수 없다. 1연 3행에서 나는 "세속에 찌들어 친견하진 못했다" 진술한다. 메시지의 핵심은 상상의 꽃에 대한 시 의식에 있다. 김범곤은 우담바라와 시 꽃을 동일 선상에 배치시킨다. 4연에서는 "견성하지 못한 서툰 언어지만 / 우담바라라 부르고 싶다" 독백한다. 자신이 피워낸 시 꽃과 우담바라를 동일하게 인식한다면, 그의 시는 언어유희로 끝나지 않는 수행의 한 방편이 된다. 시가 인간의 의식을 승화시켜, 구원에 이르게 한다는 것은 본질적 기능을 인식한 결론이다. 시는 인간에게 근원적인 물음을 던진다.

운명에 대한 직관적 인식이나 화두는 이때 형성된다. 시의 기능을 통한 인간의 구원이 가능한 까닭이다. 시 꽃과 우담바라를 동일하게 인식한 화자의 자의식엔 오류가 없다. 그래서 김범곤의 대화 상대는 인간이 아닌 부처이다. 부처님 전을 배회하면서 독배하고, 흐느끼며, 존재의 원상(原狀)을 응시한다. 시와 우담바라를 동일 관점에서 묶은 시인에겐 부처님 다음으로 소중한 것은 시(詩)일 수밖에 없다. 한국 시단에서 시적 가치를 최고로 승화시킨 존재가 바로 화자이다. 자신의 실체는 아직 모르지만, 시의 본질은 정확하게 인식한다.

3. 슬픈 운명(죽음)에 대한 각인

시인 김범곤의 자아 실체 찾기는 '죽음'과 연결된다. 아무리 화려한 생도 죽음을 탈피할 수 없다는 인식은 만고불변의 진리이다. 반드시 죽음제의를 거행하는 운명인 탓에 인간은 해탈(구원)의 길을 찾는다. 일단 그 길에 진입하면 참된 자아를 찾아갈 수밖에 없다. 참된 자아를 찾아서 헤매다 쓰러지는 것, 그것이 육체적 죽음이다.

꽃상여 타시고 당신께서 오신 그 산으로 가신 뒤
사십 구제 기억하여 혹시나 오셨는지
찾고 찾았지만, 영정 속에선
귀에 익은 기침 소리 듣지를 못하였습니다

한 쌍의 학처럼 고고하게 사셨으니
먼저 가신 어머님 만나 회포 푸시고
반야 강 건너 열반의 언덕 오르셔서
영생복락 누리시길 비나이다

밤하늘별 같은 사연과 꿈
몇 장의 언어로 표현하긴 아쉬운 지금
흐르는 눈물이 강을 이루고도 남을 것 같아
비통한 심정으로
아버님 영전에 향을 사릅니다

편히 쉬소서
편히 쉬소서
나는 당신의 아들로 선조의 유지 받들어
수백 년 김씨 가문 굳건히 세워나가렵니다

－「아버지」 부분

　김범곤의 시 「아버지」는 장례 후, 사십 구제를 맞는 시점에서 쓰여졌다. 이 시에 표출된 목소리는 두 가지이다. ①생전 불효에 대한 안타까운 반성 ②아버지의 죽음을 모티브로 한 인간의 운명 깨우침 등이다. "사십 구제 기억하여 혹시나 오셨는지 / 찾고 찾았지만, 영정 속에선 기침소리 들지를 못하였다"는 슬픈 독백은 독자에게 전이 되어 아픈 기억을 재생한다. 각자 유사한 죽음을 체감한 때문이다. 시인은 무명(無明)에서 탈피하여 죽음을 사유한다. 운명적 죽음은 한없이 슬프지만, 자아를 깨우치는 신의 특별선물이다. 애별리고(愛別離苦)의 으뜸인 죽음을 통해서 무명, 아집, 아치, 아만, 아욕 등을 버릴 수 있다. 이 시의 사유는 아버지의 죽음에 국한되지 않는다. 전 인간의 죽음으로 이입된다. "편히 쉬소서 / 편히 쉬소서" 합장하여 비는 아들의 염원 속에는 구원에 대한 진리적 사유가 응축되었다. 함축을 풀면 해탈과 열반이다. 모든 죽음은 한 생의 종말인 동시에 새 생의 시작이다. 그것이 인과업보에 의한 전생윤회(轉生輪廻) 사상이다. 윤회를 믿는 시인은 사십 구제 의식에서 세상 떠난 아버지를 찾는다. 전생의 이별은 그 인연으로 종결되지 않고, 다음 생으로 연결된다는 신앙적 확신이다.

인간은 혼자 죽지 아니하여요
혼자 가는 것 같지만 그렇지 아니하여요
부처를 믿으면 부처 곁에서 죽고
예수를 믿으면 예수 곁에서 죽는 것이여요

고독사는 없는 것이여요
눈 밝히 뜨고 보면 그 곁에 신께서 함께하는 것이여요
신으로부터 왔다가 신께로 돌아가는 것이여요

-「고독사」 전문

이 시는 비참하고 쓸쓸한 죽음을 목도한 후에 쓰여졌다. 사람들의 입에서 "고독사"라는 단어가 장례식장의 분

위기를 더욱 위축시킨다. 고독사는 존재하지 않는다는 시인의 의식은 죽음의 본질을 인식한 때문이다. "부처를 믿으면 부처 곁에서 죽고 / 예수를 믿으면 예수 곁에서 죽는다" 단정한다. 예수와 부처는 구원의 근원이라는 뜻도 있지만, 인간은 왔던 곳으로 되돌아간다는 회귀의 의미가 더 강하다. 그래서 "신으로부터 왔다가 신께로 돌아간다" 진술한다. 화자의 의식 속, 한 생의 기한은 찰나인 것 같다. 찰나에 대한 두려움 탓에 선업 쌓는 것이 중요하다는 메시지가 함축되었다. 인간의 외형적 삶은 고독이지만. 내면적으론 신과의 동행이다. 혼자 쓸쓸히 걷는 것 같지만, 신과 함께 걷고, 신과 함께 먹고 마신다. 김범곤의 「고독사」는 한 편 시로 삶과 죽음에 대한 문제를 말끔하게 정의한다. 신의 존재를 인식하지 못한, 삶에 대하여 자아반성을 유도하는 의미 깊은 작품이다. 죽음은 운명이지만, 고독사는 없다는 시적 확신에 평자도 동의한다. 모든 죽음의 끝에는 천당이 있고, 극락이 있다. 천당과 극락은 용어 차이만 있을 뿐, 장소적 개념으론 동일하다.

육신 피곤했나보다
심신 고단하였나보다
법당에 자리 깔고 절하다가
이마 닿은 채 잠이 들었다
새벽예불시간 눈을 뜨니
비몽사몽 여기가 극락처럼 느껴진다
절은 아니 하고 잠만 잤지만 간밤 극락에 다녀왔노라
아미타불 부처님 계신 곳이면 그곳이 극락 아니겠는가

–「법당극락」전문

   법당에서 기도하다가 피곤하여 잠든 화자의 모습이 포착된다. 4행에서는 "이마 닿은 채 잠이 들었다" 진술한다. 새벽 예불 시간까지 푹 잔 상태이다. 비몽사몽, 법당이 극락처럼 느껴졌다는 것은 독자를 의식한 시적 전략이다. "간밤 극락에 다녀왔다"는 독백은 중의적 의미가 있다. 생전 극락과 사후의 극락을 구분 짓지 않는다는 점에서 절묘하다. "아미타불 부처님 계신 곳이면 그곳이 극락 아니겠는가" 하는 이 시의 결론에 주목하면, 자아가 머무는 공간은 어디든 극락이 된다. 반지하의 삶도 극락이고, 단칸방이 극락이며, 향불 타오르는 법당이 극락이다. 삶에서 수행은 생의 극락과 사후 극락을 예비하는 의업(意業) 쌓는 행위라는 뜻이다. 삶에서 죽음에 대한 각인은 매우 중요하다. 화자의 시에서 죽음이 자주 표출되는 이유는 '사후 극락' 때문이다. 인과업보를 기억하여 선한 업을 쌓자는 시적 전략이다. 고로 시인은 자기 운명을 알고 있는 구도자이다. 존재의 운명을 먼저 깨우쳤기에 무지한 인간들과 공유하려는 소명자이기도 하다.

4. 영적 정화와 절대지향

   대자대비 부처님 저에게 자비심을 주시어
   질기고 질긴 악인연들을 용서하게 하시어요

별것 아닌 나를 중상모략한 사람들 용서하게 하
시어요
날카로운 혀로 내 가슴에 상처를 남긴 이들 용서하게
하시어요
합장기도, 보살이 되어서도 입에서 악취가 나는 인연
들 용서하게 하시어요
잃어버린 용서, 긴 세월 그들을 미워하느라
미혹의 인생길 걸은 나 자신도 용서하게 하시어요

대자대비 부처님
이젠 무명과 고뇌 속에서 갈팡질팡 헤맨
나를 용서하게 하시어요

-「용서」전문

  2연 10으로 짜인 이 시는 김범곤의 의식과 밀착된다.
환갑이 지난 자아는 물질 탑 쌓기보단 영적 정화에 집중
한다. '용서'에 대한 관점은 두 가지이다. 자신을 헐뜯고
중상모략 한 ①악인연에 대한용서 ②자신에 대한 용서로
대별된다. 이런 시가 쓰였다는 것은 고통스러운 사건, 분
노 유발의 존재가 자기 속에 존재했다는 의미이다. 그러
나 시적 상황을 정확하게 추적하기는 불가능하다. 인간
의 마음속엔 미움과 원망, 분노가 축적되어 악취를 풍긴
다. 악인연에 대한 화해와 자신을 향한 용서가 동시에 표
출되었다는 점에서 이 시의 지향점을 확인하게 된다. 그
지점은 자아 영혼의 정화이다. 긴 세월 묵은 심적 공간의

대청소가 부처님 앞에서 고요하게 실행된다. 과연 인간은 죽음에 이르기 전, 몇 번의 영적 정화가 이루어질지는 의문이다. 타인을 미워한 자아가 죄인이니 용서해달라고 발원하는 이 시를 음미하면서 자아 청결 작업의 중요성을 깨닫게 된다. 인연법으로 관조하면 자아는 중립지대에 위치한다. 때론 선인연이 되기도 하지만, 원치 않는 악인연의 재료가 되기도 한다.

단기 출가하는 동자승을 본다
천진난만 미소 사이로 굵은 머리칼 잘려나가자
씩 찡그린다.
반질반질한 머리 위에 태양빛 광명이 빛난다

나도 삭발하고 싶을 때가 있었지
번뇌로 자란 머리카락
싹 밀어버리고 싶을 때가 있었지
민대가리로 살고 싶을 때가 있었지

귀한 스님과 발맞추어
월정사 숲길 걷고 싶을 때가 있었지
할 수만 있다면, 세속에 찌든 마음까지도
싹싹 밀어버리고 싶을 때가 있었지

세속에 찌든 발톱, 손톱도
삭발시키고 싶을 때가 있었지

-「삭발」 전문

동자승 출가 의식에 참가한 이 시에서 자아 정화 욕망은 극대화된다. 아이들의 삭발을 주시한 시인의 관점은 특이하다. 단순 머리카락 삭발이 아닌, 번뇌의 삭발로 확대된다. 자신의 마음속에 번뇌가 무성하다는 표현과 싹밀어버리고 "민대가리"로 살고 싶었다는 진술은 심적 고뇌의 깊이를 유추하게 한다. 독자는 언어 속에서 시인을 상상한다. 시가 씌어 진 그 지점에서 시인과 조우한다. 그리고 자신도 시인의 의식과 직관에 동참한다. 한편 시로 모든 인간의 대 삭발이 이루어질 수도 있다. 심적 삭발은 무쇠 가위가 필요 없다. 겉모양 내는 기술도 필요 없다. 인간의 의식을 관통하는 시 한 편이면 충분하다. 4연에 진술된 표현은 심각하게 읽힌다. "세속에 찌든 손톱, 발톱도 / 삭발시키고 싶다"는 의식이다. 환갑 지난 시인은 다급하다. 시간에 쫓기면서 삶의 종말 지점으로 내달린다. 육과 영의 삭발이 시급하다고 외친다. 늙어가는 자아와 천진난만한 동자승의 비교는 생의 의미를 사유한 독특한 대조이다. 민대가리 삶의 지향은 모든 것을 비운 자아의 수행지점이다. 삭발 되지 않는 삶과 민대가리 삶은 진리적 관점에서 편차가 크다. 나는 누구인가로 출발한 시의 메시지가 영혼의 정화로 마무리된다는 점에서 그의 내면은 영적 성장을 한 상태임에 틀림없다. 사건, 사물을 이중관점으로 바라보는 패러독스(paradox)적 시각이 특이하다.

5. 결론

빈손으로 왔다가 빈손으로 가는 것이 인생이어라
울고 왔다가 울고 가는 것이 인생이어라
허무 속에서 빛을 발하는 시인은 복되어라
술에 취하고 허무에 젖어 내뱉은 언어이긴 하지만
시, 그런 화장터의 용광로도 태우지 못하는 것이어라

월세부터 시작해서 전세 살다가 화곡동 삼성빌라
살 때에
몸은 병들었으나 부처님이 나에게 축복하셨거든
시인이란 고귀한 왕관을 턱 씌워 주셨어라
이제 행복하여라, 언제 어느 때 윤회의 수레바퀴 속으
로 사라져도
남기고 갈 유산, 시가 있어서 행복하여라
빈털터리 인생에서 탈피하였어라

−「빈털터리 인생」 전문

시인은 자신의 소유가 시 외에는 아무것도 없다고 진
술한다. 빈손으로 왔다가 빈손으로 가는 이유는 "화장터
의 용광로" 때문이다. 그러나 "화곡동 삼성빌라 살 때에
부처님의 축복을 받았다" 독백한다. 화자와 시의 인연은
'화곡동 삼성빌라' 이 지점에서 출발한다. 이 지점은 육신
이 병들었거나 삶이 팍팍했던 고난지점이었을 것이다. 화
장터의 용광로는 모든 물화된 것을 태우지만, 고귀한 시

꽃은 태우지 못한다는 인식은 언어를 다루는 시인다운 직관이다. 시의 가치는 어느 정도일까? 한 편의 시가 물질로 환산할 수 없는, 무한대의 가치를 지녔다는 암시는 시인과 독자 모두에게 큰 위안으로 작용한다. 시인이란 "고귀한 왕관"을 쓴 후, 김범곤은 영적 부자가 되었다. 빈털터리 인생에서 탈피한 화자에게 축하를 보낸다.

「혼자가 아닙니다」, 「욕심」, 「연등」, 「눈 내리는 날」, 「법문과 현실」, 「촛불」, 「님께서 부르시면」, 「참사랑」, 「사미인곡」, 「사랑 하나」, 「업(카르마)」, 「바람에 날리듯」, 「내려놓기」, 「제사」, 「알 수 없어요」, 「내 마음을 아시는 이」, 「혼자가 아닙니다」, 「무지개를 찾아서」 등은 깊이 음미할 만한 작품이다. 인연 닿는 독자의 일독을 권한다.

등불

김범곤 지음

발행처   도서출판 **청어**
발행인   이영철
영업   이동호
홍보   천성래
기획   남기환
편집   방세화
디자인   이수빈 | 김영은
제작이사 공병한
인쇄   두리터

등록   1999년 5월 3일
          (제321-3210000251001999000063호)

1판 1쇄 발행 2023년 3월 10일

주소   서울특별시 서초구 남부순환로 364길 8-15 동일빌딩 2층
대표전화 02-586-0477
팩시밀리 0303-0942-0478
홈페이지 www.chungeobook.com
E-mail   ppi20@hanmail.net
ISBN   979-11-6855-134-3(03810)